僑吴集

五

遂昌鄭元祐明德著

記

平江路新築郡城記

吳自泰伯十九世至壽夢而吳始大及王闔閭用伍子胥而吳之城郭宮室遂為東南雄藩世言泰伯城僅周三里二百步在今梅里平墟夫泰伯以天下讓宜其不肎自大其城也及闔閭徙都於今郡城於是子胥相土嘗水象天法地築大城周廻四十五里其陸門八以象天八風水門八以法地八卦城邑既完府庫既充遂觀兵上國一傳至夫差而子胥以忠諫賜死未幾吳為越併漢亡孫吳嘗建都於此矣更江左六朝以迄於唐末五季歷前後宋要皆以吳為大藩屏　世皇之一天下以四海為家六合為宮不設險於區區之城郭也至正十一年紅巾賊起汝陽明年浙東海寇燒劫崑山是年廉訪憲司僉朝鮮李公巡案吳下深惟平江賦役供國家經費什之七郡無城郭何以禦寇乃謀於監郡西夏六十公郡太守真定高公時百須之出於吳者日不暇給然築城之役則不可已於是會司屬僚佐驗民之家貲產厚薄計量城之長短高下分築之罷弱户則悉汰去之常時役不及而豪強者則糾率之寧夏高公為南臺御史大夫及太尉首捐貲以助役水司亦捐官帑一千錠漕府皆捐貲俸然太平日久一旦興大工役民夫十餘萬當盛暑揮鉏如雲下鍤如雨城之大綿延數百雉漫不知何從列楨幹於是公曉之以程度示之以榘範勉之以誠慤必若是而後無善崩之憂民志既齊無敢或惰遂經始於是年夏四月畢工於秋八月城

19 向一仍子胥之舊若水門則仍宋之舊獨啓胥門上建忠孝

王廟餘五門之上亦皆祠神蓋役興時慮暑雨爲民害乃禱於神以祈佑城既完故列祠以答神貺城之高以尺計凡三十有三城之趾則三十有五疊石三層以爲固城之面則廣丈六尺皆甃以甓仍甃大瓦作水溝每門建戍樓以謹斥候嚴烽燧當人馬陟降處皆列置蛾眉甬道門内外搆屋設官居之以察非常城於是備矣其先慮民力不給爰給中統鈔二百五十貫白米一千斛至是合官民用財凡若干萬定米若干萬斛論者謂是役非廉訪使公勇於敢爲則無以贖子胥之功於二千載之後也城既完吳民始大喜有依衛則又相与嘆息言曰明公非有一廛之田一區之宅在吳也然苦心焦思以完斯城者蓋上以爲國下以爲民也況吳東北瀕大海西南枕震澤於澤國四通五達之衢也郛郭之内官粮貯於廩庾者歲數百萬設城

郛不完寇攘逼近將何以爲國計乎今既完城以爲民衛繼今所以守衛之者則在乎明有司承流宣化蘇民之力以固結其心使吳之民愛戴其上如子弟之親父兄手足之捍心腹夫然後則其民以仁義爲干櫓以禮樂爲甲冑人心既固則與此金城湯池併爲天險於無窮也已李公名朶只字仲善

重修平江路儒學記

維吳有學肇自范文正公父子曁宋渡南而吳之文廟與學宮始大備至國家大一統興學勸士累治郡國六七十年之間所在學校誦聲相聞顧吳爲東南雄藩學興於范公宜特盛於東諸侯然更頻年郡非不大也而土力實耗於往時民非不多也而貲力實罷于昔日則夫學校之教禮樂之文亦有所不逮也己事稍上聞於是廟堂慎選守臣而燕人吳侯由彰德路總管

仍授大中大夫即拜平江中書遣使以堂帖賫起奉璽書得乘馹南下用示特恩公既至首謁大成殿仰見殿脊勢將傾圮甍桷欹墊欲壓尊像自聖師以下絲繪黕剥窓戸闌楯髹漆皆懵暗侯乃惕焉疚心即裒稽羸節冗濫悉徵每歲廩之入晦度積可敵費乃鳩工庀材一新禮殿并兩廡戟門自聖師以至從祀諸賢冕衮圭佩五采煥發如日麗天且重建外門揭示文廟氶芹官臣之所戾至也至是亦一新之禮殿前舊設樂軒久撤去追近香案殊失廟貌深嚴之意侯命復之雄渾沉厚而廟益以邃密僉謂吳學自數年来支柱庳傾苟遷目前率多具文無救養之實豈若侯誠慤一忱以興學養士為已任也哉乃礱石紀辭以章侯修學廢墜之實謹按中吳自泰伯端委以臨其民其後子游生于海虞乃北學於魯聖人之門風氣既開賢者輩出

由其山川之秀不可閟若夫庠序之教則尚未大備也至我吳公雖長于北方及帰典鄉郡深惟桑梓之故莫先於學校之教由是大興吳學今宗社已墟而學官成於公父子者迄今不墜雖其間張弛有時不同然更久而愈益嚴重則以公父子里閈之故也今侯敭歷中外而以才望為吳守臣其潔白之操愷悌之政要其心不以文正自期待者固不能若是也因紀侯修學之實而侯之德美因牽連得書謹記

海鹽州學興建記

海鹽於故宋畿壯縣地雖斥鹵而其學官養士之廩入造士之築度粗皆有緒而可紀江南歸職方壯縣例陞之州於是海鹽學與州同陞州有學謫薄尤宜加之意况不為過薄者乎第長吏因循而教官又怱畧則其荒墜槩可想見至正七年夏六月

吏因循[illegible]文[illegible]日具荒[illegible]至正十年夏六月

學錄[illegible]回[illegible]大重[illegible]以不[illegible]

[illegible]有[illegible]而可[illegible]縣[illegible]

[illegible]士大夫[illegible]

[illegible]記[illegible]

夫寶吾家之德美因[illegible]書[illegible]記曰

夫[illegible]其心不以之文正自[illegible]不能[illegible]

[illegible]也今[illegible]中[illegible]以十里[illegible]

[illegible]其間[illegible]有時不同[illegible]重則以公[illegible]里門

由是大[illegible]

公[illegible]

由其山川之秀不可[illegible]大年[illegible]

後[illegible]年[illegible]人之門[illegible]

[illegible]

[illegible]

[illegible]

[illegible]

[illegible]

[illegible]

[illegible]

[illegible]

[illegible]

松陽葉侯以奉政大夫来為知州侯始筮仕即以才名為江南諸道行御史臺架閣管勾其於興學勸士得於風紀之地者源委遠矣況素勵己以講學潜心於理義則其視學校興替為何如侯未上之先天台黄君國才典教是州睹學官之弛念事為之難積快于中而未克展布甫十視朔而侯至三日廟謁禮竟侯謂黄君以為 國家列聖相承明詔誕須致重學校今茲黌舍蕪圮不加修士氣萎薾不加振豈守令承宣德化之謂乎君聞侯言即以其目請於侯曰大成殿春秋合樂以致祭朔望釋菜以瞻拜使蕪仄而無以揭虔表誠何以謂之清廟燕居閣上肖聖師申申夭夭之德容下俾學者来游来歌今而欹墊敧將壓翼殿東西廡列祀諸儒賢使衮冕圭組黕昧弗章籩豆罍爵薦裸無所豈非褻慢之大者乎明倫有堂堂有四齋所以待士接

業蔵修也苟非涼燠適宜明敞深潔則欲講肄而討論者何以成其麗澤之益也前之繕葺者踵相接然率具虛文今非仁侯加之意則亦苟焉而已耳侯覽君所條列遂惕然于懷謂之曰學官廢墜乃若此將葺而新之必不可承昔之苟也苟焉以掠美顧莫若已也於是侯與黄君稽研商確計餼士之田畝且諭萬筭以民曠而土瘠歳入纔什二重以失收冒支蠹弊坌積於是考昔逋租驗今庾貯徵宿負發見廩且併各捐衣布之贏得中統鈔若干緡鳩工庀材當炎暍侯與君皆身董其役而不肯少憚其勞於是一瓦一椽一甓一礎要必堅緻壯朴可以能風日可以支永久經始於是年季夏裁四閱月而學宮一新殿前殊陋偪為朋設樂之軒凡黄君所條列以請于侯者靡不一一就緒庾湢帑庖亦無滲漏於是海盐之學雖僻處鯨魚潮汐之壖

一朝而觚甍翬飛丹雘煥耀不獨州人士觀感鼓舞以戴侯與
君之德若海島浦溆之上漁鹽商販之民帆飛艘纜出沒於望
洋向若之際争觀學宮之興亦皆欽祗以鄉道是則學校之助
與為多焉夫昔魯人頌泮宮其在泮者不獨文事而已至於獻
俘受馘亦在焉由此言之士成文武之才就道德之實者未始
岐而二之也于後學校論政取士以迄于絃誦又其後則惟誦
與絃又其絃而罷獨誦而已夫士誠專志于誦則誦者考聖賢
之成法識事理之當然本乎身心言行之微達之家國天下之
著然則誦可少乎海邦之士其於誦習要必慎嚴乎義利之分
理欲之判庶乎仁侯與賢博士道同心一新學宮之所致也歟

長洲縣儒學記

至元三年龍集丁丑平江路長洲縣官元同等言於大府曰

國家疆理際天地糧饟之富吳獨擅天下什之五而長洲一縣
又獨擅吳賦四之一生聚之繁財用之博天下縣未有壯於長
洲者而縣學不建職教不脩故自廿餘年來父兄之教子弟大
率富者侈靡而不知禁貧者媮惰而不知所向之方自非興學
校明義理則將何以定民志善民俗哉今天下縣皆有學獨長
洲於舊理所在廢址之上未支衡門漫名之儒學然誦聲不聞
講席不設民至有縱畜牧佃蔬圃其間昔孔子適衛稱既富庶
則必有以教之矧今興學勸士之詔數下而同等坐視其曠墜
若此則豈有司宣承之謂哉柰縣無夙儲官無羨貲竊見徽州
路學教授郡人陸德原向嘗捐貲建甫里書院榘度嚴密列之
學官而德原一廛一區無在縣境者誠得大府勸飭而獎勵之
德原宜於此無不盡其心者矣狀上路總管高昌道童公召德

原示所以德原作而起曰公牧我民孚完我民者無不至今又
將溥善教以漸涵之公之德意厚矣然則德原將何以答公意
哉惟罄竭心力期於壯厚高弘與公德化同垂永久而已耳於
是捜才簡工始於是年三月甲子更八月丙辰學告落成門廡
深敞殿寢尊嚴齋宮講廬庖湢庾帑一是大備先是贍士廩餼
未給德原復買田以足之於是吳人士與大夫公卿睹學之成
嘆息言曰長洲為天下壯縣使其學聊且粗畧何以稱子男邦
伯興建之意哉今學成實雄壯與縣敵則其人士藏修游息庶
為稱情也已况明守令為政知本末德原以儒者為學官事皆
可書乃相率請記於予辭不獲為之言曰三代盛時吳蓋陋邦
自泰伯端委而君吳久之而子游北學於中國自是聲明文物
煥耀四方蓋子游生於海虞而長洲則切其地也今學之成豈

徒美觀容飾文具哉善教者本諸其身而已矣故子游之宰武
城必曰君子學道則愛人小人學道則易使也郡邑令長誠能
推是以脩其身以及於邑之民將見民化政成風移俗美其秀
民良士頋豈無子游之徒出而為邦家之光也哉詩曰無競維
人四方其訓之有覺德行四國順之此之謂也請以為記

文正書院記

至正五年龍集乙酉夏六月吉廉訪僉事趙公承偯分巡中吳
至則首謁范文正公祠下拜瞻廟貌起敬起慕作而言曰文正
公以德以功既無忝伊傅之為輔相以學以識則有功於洙泗
道統之傳故其具文武全才出將則安邊却敵入相則尊主庇
民其先憂後樂與先知覺之後知覺者何以異豈非聖之任者
乎其平生論諫直道正言剴切人主至上百官圖詆宰執為張

禹觸犯盛怒雖坐摧抑曽弗少阻詘不猶木從繩則正而欲后
之克聖者乎當時天下郡縣未嘗皆置學公至吳首以己地建
學故學校徧天下者自公始識泰山孫明復於貧賤中授以春
秋遂大鳴聖道於時延安定胡公入太學為學者師而河南程
叔子實遇奬拔其後横渠張子以盛氣自負公折之而授以中
庸卒之關陝之教與伊洛相表裏盖自六經堙晦聖人之道不
傳為治者貿貿焉罔知適從以至于公而後開學校隆師儒造就
士類作成忠義之風以致道統之傳則公之學識於名教豈小
補哉公之薨也所在廟食一以忠烈錫名顧茲中吳公父母之
邦所宜大建祠廟萬世血食如之何而僅享之於私第况今
國朝崇德報功在在有書院以祠先賢豈有豐功偉德正學卓識
如文正公而書院莫之建則是缺典豈有大於此者乎公八世

孫文英具辭於趙公以為先公之功德學識誠如公所言顧惟
范宗仰食於義廪食指幾千餘使建書院則官除教長有山長
則有廪稍之奉矣今巍焉義廪不自給使但建書院以祀公慎
選族人之賢者充主奉斯足矣官除山長則乞免焉於是公從
其言時總管古燕吳侯秉彝聞公之所建明即叙公所言請于
行省上之中書議有關世道且不設教官而以居嫡者世主祠
而行教於事便由是二公商出公帑羨餘命工益址而崇制既
宏且固甫完屬元祐記之祐以蕞爾膚謭烏敢厠一喙於大賢
之門雖然公之功德學識憲僉公知而言之則凡天下之士皆
知道之也知其人而不思效之可乎子朱子謂人之立志必當
以公自期待况遊於公之門乎况郡人乎若然庶於公可無負
所謂尚友者此也元祐言不腆謹用復諸憲僉公俾書之石焉

所謂吾[illegible]今日之事[illegible]言不[illegible]理[illegible]用後[illegible]治[illegible]會之人心[illegible]書[illegible]以[illegible]也
以公自[illegible]其[illegible]後[illegible]於[illegible]門人弟子[illegible]來[illegible]於公[illegible]有[illegible]負
知道之正知其大人而不畏教之[illegible]年十來十[illegible]人之大[illegible]之志[illegible]
之門雖教公之[illegible]事[illegible]會之[illegible]而[illegible]言之則[illegible]元大[illegible]
法且固[illegible]言[illegible]話[illegible]其[illegible]而[illegible]其一[illegible]
[illegible]行於[illegible]事[illegible]由是[illegible]三公[illegible]公[illegible]命[illegible]
行道[illegible]中書[illegible]有[illegible]且不[illegible]而[illegible]大[illegible]
其言[illegible]古[illegible]其[illegible]東[illegible]明[illegible]公[illegible]言[illegible]
選[illegible]人之[illegible]者[illegible]本[illegible]其[illegible]則[illegible]
則有[illegible]之[illegible]今[illegible]不[illegible]書[illegible]
[illegible]命於[illegible]十[illegible]書[illegible]則[illegible]
[illegible]其[illegible]於[illegible]以[illegible]公[illegible]
[illegible]
[illegible]文正公[illegible]書[illegible]則是[illegible]大[illegible]者[illegible]人[illegible]
國朝[illegible]書[illegible]以[illegible]先[illegible]豐[illegible]王[illegible]
所宜大[illegible]其[illegible]會[illegible]以[illegible]
[illegible]公之[illegible]以[illegible]中[illegible]公[illegible]
[illegible]以[illegible]於[illegible]學[illegible]
士[illegible]以[illegible]於[illegible]公[illegible]
[illegible]之[illegible]與[illegible]自六[illegible]入[illegible]
[illegible]大[illegible]公[illegible]大[illegible]
[illegible]大[illegible]山[illegible]中[illegible]
[illegible]天下[illegible]以[illegible]
[illegible]

重建和靖書院記

宋禮部侍郎和靖先生河南尹公紹興七年用崇政殿說書召遣奉外祠居吳之虎丘先生歿七十有五年吳守陳君芾乃始繪像建祠而勉齋先生黃公榦為之記端平間提舉常平曹君豳請于朝易祠為書院乃始買田為經久計江南內附奪於僧有司以尊前賢勵後學不可泯泯遂已也於是以府治東南隙故宋檢法廳事基合若干畝建書院祠先生大德丁未山長王達為拓大成殿前無門徑旁無兩廡居民又加侵牟益見簡陋而士病焉元統丙子新安吳希顏來為山長克復故址又請常平提幹廳基以益之剔蠹弊撙浮濫積力稍久有志重建然猶懼或中沮於是白于大府時中書左丞耿公介督餉吳下聞而善之俄被召復請參政張侯傑侯又入為天官今郡守道童公廉

明剛正治稱第一希顏請新書院公曰治不本於學豈稽古崇德之謂哉即選其從事分董程役而籍書院粒米之在廩者糶之得中統鈔八千六百貫葺大成殿即新址而前則為儀門少西為先生祠又西為土祠又西臨廣衢為外門翼殿為兩廡殿後建習堂堂東齋廬曰六有總為屋若干楹其即工始丁丑夏六月甫冬孟十月而書院落成矣初先生卒于越越亦有先生書院先是希顏嘗為越之書院長亦既盡瘁完葺及今再調而入吳故希顏每加太息曰先生學繼濂洛道被海寓其大者斷斷不繫于一祠宇之興墜然已何幸而一再獲長先生祠下哉既不佞無以紹隆斯道之統緒若區區祠宇而復不能殫盡心力則豈成承學小子之謂哉斯其志有可尚者已若夫先生師友淵源出處大致皆具勉齋記茲不敢瀆惟槩言其修建始末云

跋[illegible]具免[illegible][illegible][illegible][illegible][illegible]其[illegible][illegible][illegible]文亦有
小子之請於[illegible]上者有四[illegible]者已者夫先生師文淵源出處大
[illegible][illegible]近之錄[illegible]語[illegible]之[illegible]字而復不能殫畫以力則[illegible][illegible][illegible]學以
祠宇之重建[illegible]已而辛酉一再[illegible]其元先生祠下特大者[illegible]不[illegible]其一
額[illegible]加大[illegible]曰先生[illegible][illegible][illegible][illegible]道[illegible]其大[illegible]再入其跋希
[illegible][illegible][illegible][illegible]之書[illegible][illegible][illegible]今[illegible][illegible]之[illegible][illegible]已
[illegible]至于[illegible]而書[illegible][illegible][illegible]矣[illegible][illegible][illegible]生[illegible]于[illegible][illegible][illegible][illegible]
[illegible][illegible][illegible][illegible][illegible]日[illegible][illegible][illegible][illegible]大[illegible][illegible][illegible]六月[illegible]
[illegible]先生[illegible]又西[illegible][illegible][illegible][illegible][illegible][illegible]門[illegible][illegible][illegible]
之[illegible]中[illegible]之人[illegible][illegible][illegible][illegible][illegible][illegible][illegible][illegible][illegible][illegible]門[illegible]西
[illegible][illegible][illegible][illegible]其[illegible]而[illegible]書院[illegible]不[illegible][illegible][illegible]
[illegible]正[illegible]一[illegible][illegible]書院之曰[illegible]不[illegible][illegible][illegible]

之[illegible][illegible][illegible][illegible][illegible][illegible]大[illegible]天[illegible]今[illegible][illegible]道[illegible]
改中[illegible][illegible]是大白[illegible]大府[illegible]中書[illegible]公今[illegible][illegible][illegible]而[illegible]
[illegible][illegible]屬[illegible][illegible][illegible]則[illegible][illegible][illegible]積之[illegible]之[illegible]重[illegible][illegible][illegible]
士[illegible][illegible][illegible][illegible][illegible][illegible][illegible][illegible][illegible][illegible]山[illegible]又[illegible][illegible][illegible][illegible]
[illegible][illegible]大[illegible][illegible][illegible][illegible][illegible][illegible][illegible][illegible]又加[illegible][illegible]又[illegible][illegible]
宗檢[illegible]屬[illegible][illegible]合[illegible][illegible][illegible][illegible]書院[illegible][illegible]大[illegible][illegible]山[illegible]王[illegible]
[illegible][illegible][illegible][illegible][illegible][illegible][illegible][illegible][illegible][illegible][illegible][illegible][illegible][illegible][illegible][illegible]東[illegible]故
其[illegible][illegible][illegible][illegible]書院[illegible][illegible][illegible][illegible][illegible]大[illegible][illegible][illegible]
[illegible][illegible][illegible][illegible][illegible][illegible][illegible][illegible][illegible][illegible][illegible][illegible][illegible][illegible]
[illegible][illegible][illegible][illegible][illegible][illegible][illegible][illegible][illegible][illegible]十[illegible][illegible][illegible][illegible][illegible]
[illegible][illegible][illegible][illegible][illegible][illegible][illegible][illegible][illegible][illegible]十[illegible][illegible][illegible][illegible]
[illegible][illegible][illegible]書院記

潁昌書院記

國家右文崇儒路府州縣莫不有學猶以為未也故所在有書院即其地之賢者而祀之江南歸職方書院之建幾十倍於昔若中州先哲之所過化禮樂刑政夫豈東南所可企及然由仁廟設科取士考於各省士額多寡河南許洛為天下中然河南士額視江浙裁什之六則夫兩地學校盛衰槩可見已夫學既已布於路府州縣博士弟子員稽經考古已自足於為治若書院之有無多寡曾何損益於治道而論者則猶惓惓以為言蓋先王之敷治也每詳內而略外先近而後遠故自其禮樂之文詩書之澤漸之以仁恩摩之以德義未有不本乎一人心術之精微而能見乎廟朝家國之近遠故曰始于家邦終于四海今聲明文物乃獨盛於東南內外異勢詳畧乖方此中州有識之

士所以動心於茲而執事者未必不以為迂也許昌馮君夢周所以建書院於潁昌有不暇顧夫或者之議也以為潁昌秦漢以來以武以文以功以德知名海內布在方冊者槩以多矣然皆莫若蘇右丞萬里出蜀用其所學以相其君及其老也歸休乎潁上自號曰潁濱老人於是夢周請於其長兄尚書公及許下鄉曲之老咸以為宜乃捐衣布之贏卜地於許下之某鄉某原營捐結築為屋若干楹中嚴寢以安燕居之聖師後闢祠以安蘇公像門廡齋廬庫庾庖湢凡書院所宜有者無不備官設山長固不問若訓導之師則慎嚴其選必經明行修可以成就人才者歲以地三頃之入給之弟子不踰廿員多則耗其師之力旬月季嚴課試法必第其高下激賞以示勸懲事已畢具夢周言之官官言之憲省憲省言之中書中書禮部皆允其所請

由是潁昌書院遂表著於北方夢周昔為温州路經歷嘗梓鋟六經圖諸書及為平江路推官得庸學語孟善本并小學書夢周更為高經下註其為書版凡若干卷悉以歸之書院而不以私於其家其平日捐金以購買之書籍自六經傳註子史別集以至稗官雜説其為書凡若干萬卷亦悉歸之書院師生有欲借之者則具姓名列書目而以時謹其出納且慮書版所在民間得印者什無二三强有力脅之使印者什則六七是書板為學校累又買其鄉桑棗地若干畝計一歲之所入畢一歲紙墨裝褙工食之費則止矣其規制若是不惟勒之石又且聞之官其間防閑之纖悉意度之委曲記有所不能竟者皆鐫之碑陰夫書院之設宋初裁三四長書院者皆郡太守職也國朝始立山長與學正既立山長學正必積年勞著成績乃始陞郡博士

於是學官徒徒多庸常衆人夫以常人苟歲月則其所以教之者豈能成天下之才以待用乎後之來主院席誠賢者也固所不論其或不也當念夢周之創始是豈官高禄厚与夫祖父貲產哉是皆其兄弟躬履儉素銖寸積累不忍令其子孫獨有之也於是建書院與鄉里共職是院者當察夢周兄弟之心篤志以職教養至公以司出納庶彬彬許洛之士不讓乎大江以南所謂本諸身施諸家國天下出處進退彷彿乎潁昌老人是則馮君之意也可不知所尚哉

吳江甘泉祠禱雨記

吳槩以水為國東出而為吳江其為州郭低窪人烟聚落於浦漵之間洲渚之上耳州既左江右湖雲濤烟水其為神龍之宮壼帷之宅尚何異哉自非神龍以著靈而人托龍之庥以為命

則其四封之內呼吸而沼之者顧何難哉州之東行涉江湖而
為橋者相望獨第四橋之下水最深味冣甘色湛湛寒碧唐陸羽
嘗品第入茶經則其異於衆水也必矣世傳有龍居之州人即
其橋之北水之中沚建祠以享龍謂之甘泉龍王祠其来蓋甚
久矣至正三年夏大旱田禾焦然就槁民心皇皇無頼時高昌雅
實理公為州達魯花赤憂心惻然乃捐已俸市香燭宿齋戒躬
致情詞於昭靈觀道士富恕乞為將誠籲天而公率僚幕胥吏
之屬悉徒跣謁龍于祠下再拜稽首為民請命富君乃用其教
法役神召龍煉鐵符投橋水符纔入而雷殷殷自水起玄雲四垂
雨即隨至公忽驚且喜以手加額曰神明不遠如此哉船迎龍
漫至州署有赤鯉躍入公舟中公命僮捧縱之波雨霶沲皆足
即昭靈設醮謝比竣事復迎牲祠下合樂大饗以荅龍神之靈

貺是州遂成有年於是州之人驩然曰吾州依龍以為命故水
旱必禱然未有若我公誠心懇至一念之頃神人孚合其響應
蓋若執左劵交相付者其故何哉遂昌某曉於衆曰若知公常
為泗州長吏乎天久雨泗之民將為魚公牋詞請于上帝詞有
曰甘减一年之壽禄願起百姓於泥塗詞焚而雨霽然則公之
臨政愛民至不惜身命有如此爾民亦知之乎於是州之民悉
公之心戴公之恵恃公以為命有在矣作禱雨感應以記之

伏蛟臺記

山精木恠地妖水孽蓋亦莫非陰陽合散之所為故雖太平盛
世不能必其無有然當盛時君明臣良朝廷清明海宇寧晏人
之奸雄鬼之妖孽一皆屏遁消釋各安其類於禮樂刑政修明
明於常廟社之尊顯天氣和於上地氣暢於下人之類安舒泰

阜於兩間盖由此也然神仙奇異之士雖不屑於世用而心則淵乎天地之鑒也靜乎萬物之準也故能見人之所不見聞人之所不聞過計私憂遠在數千百年之後又何止冬起雷夏造氷役靈召神變幻目前而已耶世傳九州都仙輕舉時嘗有縣記謂後千年江心生砂磧下掩井口則其所斬之蛟當復出時則有地仙八百人而師則在豫章於是番陽胡君道玄之生適與縣記合君生有異稟幼斷葷血紙衣草屩而其道術每於水旱蝗疫有時而取日雲天借水淵泉起瘥癘殄螟螣其應皆章章可稽也乃至正四年秋君艤舟東湖夜睹光怪赫然出隄南即其地得鐵券一玦上有盟告之詞則都仙斬蛟之埋銘也要與鐵柱相表裏可信不誣南臺真御史為胡君築臺以券瘞其下而名之伏蛟臺奎章學士青城虞公為之記夫仙真神人豈有戀於世而私憂過計出於人所不見不聞而又遠在千有餘年之外茲胡君克紹都仙之烈應縣記之言睹神幾於未動之地伏精怪於欲作之先自非仙真神人鮮弗能若是蒙莊氏曰至人之用心若鏡其胡君之謂歟臺成之五年續為之後記云

周玄初主醮來鶴記

古者聖人出而麟鳳龜龍亦出以彰其瑞事明載書傳必非厚誣斯世然豈聖人有意為之固不然也盖厚德之積號之為祥風潤之為甘雨著之為景星慶雲夫若然者使聖人有意而為之則不足以為聖人矣後世道家者流其高者輕舉次者長生又次者方藥煉餌又其次者醮祭科教若夫醮祭則有交於神明之道焉神明者玄虛冲漠非視聽所能覩接然禍淫福善每若司其柄以荅響是豈神明為不可依憑也哉古今文士稱鶴

為仙禽道家以鶴為仙驥世之人皆言仙鶴仙鶴云方人設醮
祭之時壇陛嚴整儀容肅齊鐘磬華香冠服笏珮之類罔不端
備儼然天神之是臨也人之情哀生於丘墓敬生於廟社人方
傾誠神斯來格所謂仙真神人跨鶴而來者詎可忽於視聽之
間也哉吳人周元真字玄初自童時即好老氏之學稍長為道
士詣嘉禾城東紫虛觀禮其師李太無既本之以輕舉長生之
道又參之以修煉醮祭之術於是呼風召雷致晴雨若有神人
從役之無不響答為以吳城報恩道院虛其席即來歸主之至
亅亅丁酉夏吳守衛萬戶沈侯實薦毋設醮禮延玄初提點法事
其精誠孚格遂感白鶴盤空而來或引吭長鳴或低翔獻頂其
多至四十餘隻與人相親若狎若馴良久斯逝一時之人罔不
仰瞻嘆異士友徐正甫預同觀者數輩咸賦詩頌美之惟侯以

虎羅之職亦加起敬起悚乃索予為記夫鶴一羽族耳其往來
靡常其性莫可馴狎其視麟鳳龜龍固不類其應祈而來非有
神人司之與異人所致之吾未之信也吾之氣順則天地之氣
亦順彼景星慶雲祥風甘雨要皆聖人以和召和之所致不然
沖虛玄漠之表非人視聽之所及烏能加一髮之力於其間耶
然則玄初不得不謂之異人而茲事不得不謂之異事春秋紀
異則書故予不靳樂書之用冠群玉云

白鶴觀祠堂記

國家混一之初　世祖蒐羅海內才俊用之惟恐其或遺於是
魁奇磊落之士往往顯功名于當世若嘉議大夫平江路總管
致仕郡人張公正卿是也公初未冠即北上膴仕傑直殿廷出
入禁衛久之　成宗愛其小心謹飭賜名伯顏大德間出官江

南累陞漳州路總管原公自膺柄用四貳郡政一留塩運同知
將老而再牧名州至以清白謹愿見稱恂恂有古循吏風　朝
廷推恩累世於是公大父海贈中順大夫清河郡伯大母何夫
人贈清河郡夫人父㥶江淮財賦副總管累贈廣德路總管母
鄷氏封清河郡夫人室入沈氏封同於姑公父子自念臣子所
以報其君親雖瀝肝膽未足以罄萬分之一矧人之生起滅在
呼吸間哉審以別業之在郡城鶴舞橋之東者舊爲宋信安郡
王之戲春園也基頗宏敞近爲建搆雄麗而敬歸之太上教法
大道上以祝釐以報君下則立祀以報親初名之曰報恩道院
舊植古松一株於井傍大已合抱高踰數尋二百年物也道士
張應玄始廬其下遂有群鶴自東南來盤旋于空久之一鶴下
跱於松弗去經歲作巢其顛大如百斗盎每晨長鳴屢獲奇驗

張既羽化復倩括蒼趙真士知徵番陽蕭鍊師玄中皆克脩虛
淨玄妙之學而行之爲人所推重而公益厚禮之俾相繼主席
仍割腴田若干畝飭其徒趙與蕭狀其事于朝乞更道院爲白
鶴觀　當宁可之請降璽書護焉由是白鶴觀之名著於吳中
矣未幾公捐館舍趙與蕭亦以次委蛻張弟子席應真博通玄
典兼讀儒書踵搆觀宇輪奐一新仍即觀東爲祠堂以祀公及
清河伯以下凡幾主每遇諱日節序用玄教薦享之夫公歷敭
中外爲時名臣其卒也史有傳家有廟祭有主然而公之神靈
無不之所以屬厭其施心者自非揭虔祠守晨香夕燈則何以
妥公之靈也哉觀之始末故學士揭公已爲之記故於基宇所
詒道流所聚則蓋畧焉席羽士懼更久而張氏之厚施祠禮之
報享併所以自列於道家者非勒之金石則何以章示永久此

祠堂記所由請作也張氏世居吳長洲之相城公之嗣子都中以蔭任黃巖州同知克世家業云

福山東嶽廟興造記

國家思所以惠安元元莫若慎選守令於是浚儀王侯某以至正戊戌按平江路常熟州知州蒞政之二年化綏德懷民用大協百廢具舉故福山東嶽廟著興造之績焉按福山距州四十里而近北枕大江即唐之金鳳山也後以山形如覆釜覆與福聲相近因名之福山云山萃起於海虞之邦聳秀深特宋仁宗至和初邑人建東嶽廟於山上已為吳下禁祠之冠哲宗元符間復拓其規制而侈大之及高宗渡南金兵追逐不少置東南郡縣悉被焚蕩而福山廟與常熟縣巋然獨存吳人益神之紹興二年邑人請于知縣施侯乞崇大廟制以答神貺盖以宗遠在

會而福山則宋京畿近地東南士民奔走祠下乞靈祈福於是福山嶽廟遂為泰岱行祠之甲宋入職方七十有五年矣而王侯來為是州廟制非不宏大也然歷年滋深棟宇腐橈丹雘黯昧侯即首捐衣布之贏以奬率州人士撤去弊陋一新廟制而繚以垣墉先是殿無前軒侯建屋若干楹庶朝謁拜跽有餘地仍為若干楹以祠福濟李侯王以國家漕海運萬里鯨波惟天妃是賴爰即廟之左作天妃宮復別建方丈之室以居司廟之人又作官廳若干楹以待守土吏歲祀之日焉竊惟福山嶽廟由始建至于今茲三百餘年矣顧未若今日之極盛而甚宏也於以見王侯為州有餘力為政有餘暇神人於是誠有攸託則侯之賢其可泯泯無聞也禮五嶽視三公至唐開元中尊封王爵加王爵及宋祥符五年遂加帝號國家一天下禮秩百神復加

徽號以著尊崇之盛典夫岱宗既在曾由魯並海岱東諸侯凡户冥權以福東土者要皆泰岱宗而主之也則岱宗於東吳有祠廟惡得以封内山川限其遠近也哉况福山鎮峙海虞粮儲之冨當東吳什之三自非明神依憑山川以出雲雨歲何以能稔民何以能治 國家何以能有所藉於無窮其為之記以章明神之休以著王侯之美匪諛詡也覽者固宜敬慎而無忽

無錫泗州寺記

昔泰伯東入吳建都梅里聚至今號泰伯鄉宋嘉定十六年鄉之建安菴比丘了忠之母劉素奉佛以坊莊之田建僧菴于鄉之壽里時菴名崇報俾了忠居之宗法非敕額不敢造寺端平二年請于官乃以常熟縣泗州廢寺額易崇報菴為是寺定寺制為甲乙住持而了忠則泗州寺之始祖也忠買泰伯垂慶之

田九百餘畝以飯其徒已而忠示寂塔其骨于建安忠十傳而為宗永值宗亡寺燬有所謂括民官張宣差者據寺田寺之徒咨散去則寺僧元吉睹寺廢墜乃別禮垂慶鄉祈福皎公為之師資與於派故泗州寺僧却歸建安寺及至元十年平江北禪寺乃冒認寺田於張泗州香火且絶至大德八年寺僧懷信智明痛基業之殞墜也於是訟于官莫之直明之邑人朱君某者捐貲以相信與明乃走京師訟之于宣政時仁皇在青宫有以其事上聞遂降令旨俾宣政斷寺田歸泗州論者許信明之於泗州也侵彊克復功莫大焉先是大德十年寺僧契理建佛殿於廢址明年仁廟仍降旨加庇護且明言契理領衆使之住持叓七年為皇慶癸丑 天子復煥德音賜璽書加外護契理於是建法堂構方丈文理一傳至德言則建覺皇寶殿若捐衣盂以

繪塑佛像山門兩廡以次畢工者則又智明也夫泰伯之為鄉也自宋迄今聚族而居者渾渾湛湛蓋亦多矣然而廢興變滅不啻如浮雲求如泗州已墜而復振至今其區區基構迴朝為僅書於護非其徒才幹卓犖有足以動人者惡能若是哉况自國家郊民艱難勤役及釋老宮樓湧毀一墜不復興者所在皆是茲泗州僧徒上當圖報夫天恩下當思先人克復之艱精修謹守以保乎勿替不惟禪釋之教有輝而於世道重有勸焉因釋智明請為號顛末勒之貞珉以昭示於永久云

簡村順心禪菴記

普應國師道振東南時所至為寶坊一切棄弗居顧尋山崖水阻草棲浪宿以自遁逃其聲光吳江簡村在震澤東南隅土肥而勢阻由垂虹橋望之其烟林聚落可指顧見也比丘理悟再世有其地可三頃餘草苫田廬僅庇風雨悟未祝髮時嘗一再延國師居之俾之安禪而卻掃蓋悟雖生長大家而實心慕吾宗未幾徒步登天目從國師剃落爰即是為順心禪菴而實徼師悲願道力開創厥始庶永其傳已而國師示寂悟於初心尤益勤勵寒暑一衲晝夜一簞草衣蔬餐破弊觕惡同門禪者喜悟頹然委順有若此也於是智者奮謀朴者效力撤去舊小遂成精藍一是素堅不事雕繪屋瓦鱗比出町畦中居者晝而農夜而禪畎澮溝塍近在簷檻粥魚磬鍾荅響風水其三時之勤為終歲之須要皆食其力而非苟取於人見者以其役力而休心知其為勤行道者之居食其力不足則買田以給之十方禪人拏舟來者飽其飢而憩其勞俾之安居究道而期其必葬必澄焉主菴席者必志願敦確僉議允請其隸事徒眾則率循菴

規分掌庶務其條具碑陰夫悟堅廣施心不惟不有其貲觀其放實枯寂且將不有其身誠以佛之道溥博周徧公天下而非已得私觀於此而知易之為卦矣夫同人于宗而有吝之道及同人于野而亨宗狹而野廣也然則儒與佛其大致雖不同然其道之行俾人不獨親其親而子其子則亦未嘗不同也今是菴當震澤風水之會其來者非有一目之邦也然以其規程一出於公而無私觀者固已思過半矣況國師之道厚大深宏可以蔭永久而庇無窮則是菴之期於弗替可保也矣

立雪堂記

榮祿大夫江西等處行中書省平章政事高昌簡齋公懸車吳下休心空寂一日語其門客鄭某曰昔普應國師倡道天目時予先君秦國公方平章江浙以其素學叅扣於國師國師之弟

子東殫三韓南極六詔西窮身毒北弥龍沙則其近地槩可知已今中吳師子林主者天如和尚在國師之門尤為得法上首穎異秀出者也余今一寓與師林相密邇時扣門瞻禮請益其為室不滿七楹而挺然脩竹則數萬箇與其徒休止其中蒲團禪板如大叢林勘辨根研以發明國師之道名公貴人向師道風叅拜跪跽獲聞一言如飲甘露然師機用險峻傾企莫及至乎杜門却掃經歲不出予雖不敏竊嘗觀師方以大虛空涵納沙界王公士庶貴賤雖殊生死泡沫起滅無異自非師隨方誘掖倡明心宗則國師之道幾乎熄矣予冑出高昌依佛為命睹茲僧寶敢同寒蟬第以學匪房裴艱於纘頌輙為師手書二扁名說法之堂曰立雪禪燕之室曰卧雲仍命工刻諸梓而揭之以寓叅承之意子為我記之某曰嗚呼世習下趨豈但人情而

已要雖出世間亦罕不為名聞利養之所動若天如師者殆所謂香象渡河金翅擘海為砥柱於波頹瀾倒之日振清風於炎埃腥霧之中也歟夫自少林立雪傳心八百年後至普應國師而其化益隆今師上繼普應直截衆流孤倡大法使真參實悟之士永懷依歸是則簡齋公立雪名堂之意良有以哉是為記

掛蓑亭記

宋丞相富文忠公其子孫渡南而散處者往往有之及江南入職方故家遺轍往往寄迹於釋老異教而公之諸孫曰紫徵者遂為道士於吳江之明靈觀為屋不百楹而神明偶像居什六七州境既狹而紫徵又不樂與凡搆接恒飄飄有凌雲之思謝去而未能乃於州東雪灘之上結一亭甚隘覆以綠莎僅庇風雨婆娑然儼如一蓑之懸也遂扁曰掛蓑蓋將與三高神游意猶未足

則又繪仙山訪隱圖寘於中若將尋真蓬萊訪其師安期羡門於雲海之上以究竟黃老之說而成遐舉之願也其與紫徵方外友也乞記於圖之左為之說曰神仙有無不可知然自秦以降世主每甘心焉使誠有之其神靈長年變化於兆眹之表奚必山林岩壑之間哉豈山林巖壑幽閒深閟人跡罕到仙者乃始樂居之世固有高世遁迹之士膠其光而不耀卻其名而弗居俯仰以自樂優游以終老則山棲樹巢不厭深窈者古蓋多其人未必一一皆然也緊亦隱者之流巨夫隱者如沮溺荷蕢之徒雖聖人不能語之化其卓識遠見世蓋有不得而聞者今豈無其人乎紫徵訪而得之其雖老尚將從而究問焉

計籌山巢雲樓記

向年嘗塗杜真人以養身安民之道遭遇　世祖皇帝論辨陳

謚息光穆然已而歸休計籌山其大弟子有曰姚桂菴高士者獨得真人所傳之道脩練蓀齋淵輝而神瑩玉立而長身嘗繼真人主席昇元觀觀在計籌山之東真人嘗建蓬山閣以為晝得山之神秀若海上之蓬萊然姚君既羽化其弟子天台柯君德嗣號巢雲巢雲之弟子洪善淵者乃於閣之前用其師之號建巢雲樓樓突起于蓬山閣前群峯起伏映帶綿亘延接所謂山之神秀又畢獻於樓之四阿樓甫成而柯君亦仙去夫山名計籌者按吳越書以為有辛鈃者蓋有所養抱而隱遯於山當吳越吞噬時范蠡當從鈃問所以取吳之策鈃與偕登之觀覽指畫若規見其勝負然者故得名夫杭之諸山雖皆原於天目其龍拏鳳騫傍枝次脉氣勢飛舞而沓至則皆莫若計籌之一山故宋楊和王沂中即中山以為墳昇元觀乃其香火院也方真

人在京師時　世皇恩遇殊厚然每日乞南歸江南名山川非不多而真人獨孳孳愛戀乎一計籌則山之奇秀槩可想見矣昔真人延予蓬山閣上較讐群書巢雲樓未之建也迨今四十寒暑矣顧予方飢驅糊口於吳中雖欲復遊山中莫可得茲冬舟過婁江會善淵於婁江之玄真道館念予嘗承真人知遇之厚端來吳介道侶步宗浩甫請予為樓記也夫計籌之為山固予所熟游善淵又指畫言巢雲樓得地之勝雖未能登斯領覽而巖巒之態度松杉之鬱茂泉石清出而棟宇深觀則固已了然心目之間因為善淵言昔邃古之初固巢居矣禮運所謂橧巢是也及聖人者出創為宮室上棟下宇民安攸居故莊周氏以為樹處則惴慄危懼將以矯齊物情夫何唐時又有年老隱者以樹為巢寢息其上而謂之巢父耶若雲可巢則李太白詩

有謂吾將此地巢雲松故山翁巖叟徃徃自號巢雲夫雲為陽氣山川所由出晴雨變態甚為不一至峯巒林壑高深幽家之境則雲在堦除在軒窓在几席近有在床榻者是雲可接可攬可畊而或可卧者鳥不可巢耶况爾仙真往來乎太虛恒以雲為乘矣則樓號巢雲要不為過且善淵名樓不忘其師尤可嘉明春當來拜真人銳冢其樓四向景致予雖老尚為賦之

純素齋記

楚漆園吏以内聖外王之道斂之於精神純一之中迺曰其人純素可為真人夫真人者大浸稽天而不溺大旱金石流土山焦而不熱世惡有若人哉蓋指此心而言也人之為心湛然純白一念萬年則雖為賢聖為佛祖要豈能外於此哉東晉遠法師在廬山修念佛三昧謂之修白業夫白與黑對暗還黑明

還白雪雪山大沙門教學佛者至矣盡矣又豈待予言也哉吳僧如瑛者號白石潔素而好修依止䟽沙寺毅公文室為侍者乃取漆園吏之言扁其齋居之室曰純素漆園之言不惟是而已又曰虛室生白吉祥止止漆園著書時佛之為教東震且未之聞也良以衍教寂滅而莊助老氏者其教清淨清淨而虛無虛無而寂滅要不可岐而為二雖周之書肆行而與其言自相脗合也瑛也洗濯其心身服膺乎佛祖之所垂訓則雖拾薪鬻石山顛水涯精進不惑則將見純白真人無二無雜我即真人真人即我雖佛與祖亦何異哉瑛年未三十能精進不退定以予為知言至正己亥玄月朔記

虛白室記

西隱菴在吳城葑門東一舍而近郡高僧賢哲翁之所建也菴

非有廣殿修廊之宏麗然當江湖之會文漪鷩瀾天光雲影朝
夕晃漾皷蕩在几席間盖亦精藍云其徒在別峯於菴東南闢
一淨室扁曰虛白索予記之予甞讀莊周氏之書曰瞻彼闋者
虛室生白謂人能遺聲色之雜去嗜慾之擾而一任夫性則道
集太虛之宅而純白生焉其義若此周盖老氏之流別峯佛者
也老佛果同道乎不然老之道清淨亦在乎養性佛之道寂滅
亦在乎見性性無不同與生俱生而不可不養者也苟能養而
有所見則本性虛明舉天地萬物莫逃乎明鑒之下何虛之不
生白也哉別峯寐然燕坐是室以息群動則必心靜性靈四維
上下皆成虛空雖晝之日夜之月其光明亦同普照十方矣何
有執着乎何有垢湼乎佛乎老乎莫之同乎莫之異乎此少林
指以單傳而神光遂入於雞足山者其能外此虛白否耶姑反

訊之用以為記

趙州守平反寃獄記

儒者存心不累於物故能超然遠覽於情偽之表流俗之人則
不然遇事屑々較彼我計利害心非不知其事之枉直也顧乃怵
於浮言惑於妄議局々保自己而彼之黑白有不暇計焉於戲使
人盡如此則所謂司平於我者我何賴焉夫司平者非一端然
莫重於獄々者狴犴之中捶楚之下酷吏所煅煉至有反是實者
夫反逆天下之大惡也平人不勝其楚而曰反是實焉由此言
之它可知已惟其心不累於物者鑒空衡平為之体妍醜輕重
舉莫逃焉一為煅煉文致之所惑而不推其情狀所由起未有
不錯謬者矣然人心日偽世道日降荃蕙不能化茅䔩矣况其
他乎則其呼吸之間变詐機巧旁午蠭出竊謂皐陶復生於今

亦豈能悉其情與狀夫儒者其用心萬無過於臯陶也然於滋偽愈詐之日其心不爲流俗之所移也乃能洞見其情而不惑斯其所以爲可紀録也歟王畹字季境其先閩人大父中書平章公其父則江浙行中書省參知政事本齋公也至元五年任淮東宣慰司奏差未幾侍父病歸吳下終喪仍往淮東陞都府宣差至正八年八月十六日府同知上任而畹職掌堂食公宴當其職所隸所謂茶酒夫翟四者以蔬飣不謹令別具鮮潔翟不從乃叱直廳軍夫戈占負翟四令獄卒張全隔衣笞其臂兩下畹以張笞不力也奪張手杖自捶之亦兩下耳翟方整換蔬飣終宴遠暮方散去翌日翟復到府署少頃即歸時維揚大疫染者多暴亡蓋翟已染疫顧身隸官其出乃強勉更四日翟四者死府饔人鄧德者翟疎遠親戚也嘗以割烹遭畹撻於是嗾

翟妻蕭訟其夫死不以命先是揚州路録判石琪其目擊畹由元戎以下以其名臣子禮遇有加每諂事畹恒欲具酒以啗畹畹拒絶之兼以驛騎數不足畹絡琪所乘馬以足之琪恚無所洩及見翟妻訟夫遭畹捶死乃大喜教蕭以爲翟不死於杖而死於畹用靴脚疊踢其夫臍右凡兩脚於是翟須命畹既就逮戈占等證佐不得同琪爲畫策別立誣同證佐而加之搒掠驅拽且更卷十六日字爲十八日所以誣陷畹者無不至兼帥府憲府兩不相干録事司不能無觀望而得以高下其手焉畹既不勝苦楚亦自誣服獄成上府凡囚在禁憲府當以時獻畹或審異獨漏畹不知加省録及憲長它除揚州路及憲府以畹家屬訴冤頻切乃始選委泰州知州趙公威鞠之公即追蕭所告狀反覆披閱見擦洗告日兼證佐皆非當時與見畹捶翟者撿翟死

既在八月廿一日緣何江都縣繳申屍圖却在九月十四日蕪訟眈
踢翟死公論甲舉右足當踢乙身之左緣何訟眈舉右足踢翟
而踢傷痕反在身之右乎使誠以臍右致傷翟當即死緣何更
五日後乃始死乎凡所以誣眈者卷紙色不同墨濃淡亦異蕪
眈招辭皆非眈手書公既洞見底裡即命吏以此數端立案駁
問駭吏莫珎以下誣証作作等四十餘人或首或招盡發石琪
所謀而琪避罪逃去於是眈之遭誣乃始平反而明著於淮甸
眈寃既伸而公以文章之純道德之懿英聲茂實海内傳誦於
是　聖朝召拜翰林待制予念叅政公無恙時眈嘗從予游聞
叅政卧病久其甍至無以為斂忠慤公死王事朝廷賜田十頃
于吳以贍其家舉族之人食賜田者常千餘指而賜田所入每
缺於水旱故其家窶困日甚重以眈不幸遭誣既在獄其家訴

寃入淮幾二載囚粮不可以飽眈諸兄弟更貸以救眈垂死非
公以儒者用心不為威怵言移灼見寃抑即為平反則眈死犴
狴必矣夫能平反寃獄國有賞典豈公所喜哉傳所謂如得其
情則哀矜而勿喜也顧諟者心術之純不惑於文致煆煉不動
於是非利害曲必為直之枉必為伸之蓋其心初不求人知而
人自知在公不加喜人不知在公不加愠此儒者用心之恒使
善於頌公者必曰陰德陰德云夫德必積而後成然其積之也
要亦行其所無事令天之所以報公者將由掖垣論思獻納匡
益　聖明以福海寓則凡天下誣枉者豈特眈哉將使沉寃盡
雪枯朽蒙恵入心和於下天心悅於上是皆公能以道參輔廟
堂儒者所能致非公尚誰望之

僑吳集卷之九

講讀[illegible]能文非公論莫許天下之士[illegible]公言以定[illegible]

[illegible]入心者[illegible]天心[illegible]其[illegible]

哉聖明[illegible]則[illegible]天下[illegible]

[illegible]其[illegible]今[illegible]天下[illegible]

[illegible]日[illegible]

入[illegible]不[illegible]人[illegible]

[illegible]非[illegible]曲[illegible]

情[illegible]

[illegible]夫[illegible]能[illegible]

公[illegible]用[illegible]不[illegible]

[illegible]入[illegible]集[illegible]四[illegible]

[illegible]不[illegible]其[illegible]

[illegible]其[illegible]人[illegible]

[illegible]其[illegible]

[illegible]林[illegible]

[illegible]公[illegible]文[illegible]

[illegible]

[illegible]以下[illegible]

[illegible]

[illegible]日[illegible]

[illegible]公[illegible]

[illegible]人[illegible]日[illegible]十四日[illegible]